無題

# 나의공간 무제

지은이    양 민 석

# ── 머리말

스스로의 삶에 갇혀 혼자의 의미를 담아낸 나의 생각이, 당신은 모를 어느 누군가의 세월이, 감정이, 글이 되어 이 글을 읽는 이의 마음에 어떠한 제목이 되어 주었으면 좋겠습니다.

온전한 당신의 공간 속에 나의 감정이 교감하기를 바라며 글에 감정을 담았습니다.

우리는 다른 이들에게서 위로와 행복과 같은 여러 감정을 느끼고, 깊은 마음을 나누겠지만 그 누구와 함께 하더라도 나만의 시간, 공간, 마음은 오롯이 홀로 느낀 자신의 몫이기에 보내온 나날들, 자신의 처한 처지, 그리고 삶이 제목이 되어 주었으면 하는 마음에 제목을 담지 못했습니다.

책을 읽는 사람의 마음을 내가 담아낸 감정의 제목이라는 틀에 가두지 않고 오직 자신의 내면을 살피며 집중할 수 있기를 바라는 마음입니다. 내 마음으로 쓴 글과 다른 마음일 수 있기에 당신이 책의 주인이 되어 주었으면 좋겠습니다.

《나의 공간 무제》를 읽고 '나'라는 읽는 사람의 삶을 받아 들이며, 더 나아가 다른 이의 마음 또한 품어 주었으면 하는 기대도 가져봅니다. 더불어 나의 글이 잠시 잊었던 마음 깊은 곳으로 가는 길이 되어 마음속 한구석에 작은 공간이 되었으면 하는 그런 큰 바람입니다.

"크고 작은 마음에 위안이되기를"

無 題

# 1부 ·

하루는 행복으로 문 닫고
꿈속은 행복으로 문 여네

사나운 마음은 평온하고
그리운 마음은 애틋하네

그녀가 나에게 속삭이고
그녀는 나를 사랑하네

잘 자

제목

| # | 2 |
|---|---|

흐나리는 밤거리

새하얀 달빛이 풀풀 무너지는데
그 틈 사이로 꽃이 스멀스멀 피어나네

흐나리는 눈꽃 속

소홀함 없는 애틋함이 척척하고
허연 숨결에 눈꽃이 사락사락 녹네

깊은 주머니 속 얼음장 같던 그 손가락에
가락 하나 끼워 놓고
마주 보는 눈빛 바르르 떨리어라

낙엽 지듯 상냥한 입맞춤은
변절될 모습들을 소복소복 묻어
뒷걸음칠 한 걸음 한 걸음 비워 놓네

달빛 무성한 흐나리는 눈꽃 사이로
첫사랑 모락모락 필 적에
주머니 속 약속, 상냥한 입맞춤

귀먹고 눈멀어 꿈이냐 생시야
벅차디벅찬 가슴 살포시 살포시
가슴 안에 담아 두네

함께하는 의미지요

하늘에 별이 없고
바다에 진주가 없음은
죽은 것이 아니겠어요

그것이
함께하는 의미지요

그대와 내가
함께하는 의미지요

겨울이 오지 않으려나 했는데
꾸역꾸역 참고 있던
첫눈이다

유난히  따뜻하다 했는데
펑펑 터져 떨궈지는게
겨울이다 했네

소복소복 쌓인 눈 위로
지나온 발자국을 돌아보니
입김이 깊게 번지고

금세 눈은 비가 되어
뚝 뚝 하고 떨어지더니
하얀 세상이 금세 젖어 버리네

사랑한다고 말했고

혼자 하는 사랑은
사랑이 아니라고 대답했다

이 마음 진심이라 말했고

그대 마음 또한
진심이라고 대답했다

사랑이란
순간에 찰나를
보내는 것이 아닌 것

사랑이란
치우친 마음이
전부가 되지 않는 것

사랑이란
순간에 찰나가
전부가 되는 고요한 시간

가시는 길 외로우실까
함께 떠나려는 지금

두려운 것이라
그대와 있었던
이곳에 시간이 멈추는 것이라

공포라는 것이라
이 마음이 이 추억이
사라질까 하는 것뿐이라

한데 나의 마음에는
오직 나에게는
다시 만날 설렘뿐이라

하고 싶은 마음을
전하지 않고

홀로 아리게 적어 내는
이 마음 또한
사랑이라

| # | 9 |
|---|---|

꽃이 피었다
너무 예뻐 꼭 안아주었다
가시가 내 마음에 박히는 줄 모르게
꽃이 모르게
나는 꽃을 더 세게 안았다

ㅇㅁㄹㄷ

|  |  |  |  |  |  |  |  |  |  |  |  |  |  |  |  |  |  |  |  |
|---|---|---|---|---|---|---|---|---|---|---|---|---|---|---|---|---|---|---|---|
|  |  |  |  |  |  |  |  |  |  |  |  |  |  |  |  |  |  |  |  |
|  |  |  |  |  |  |  |  |  |  |  |  |  |  |  |  |  |  |  |  |
|  |  |  |  |  |  |  |  |  |  |  |  |  |  |  |  |  |  |  |  |
|  |  |  |  |  |  |  |  |  |  |  |  |  |  |  |  |  |  |  |  |
|  |  |  |  |  |  |  |  |  |  |  |  |  |  |  |  |  |  |  |  |
|  |  |  |  |  |  |  |  |  |  |  |  |  |  |  |  |  |  |  |  |
|  |  |  |  |  |  |  |  |  |  |  |  |  |  |  |  |  |  |  |  |
|  |  |  |  |  |  |  |  |  |  |  |  |  |  |  |  |  |  |  |  |
|  |  |  |  |  |  |  |  |  |  |  |  |  |  |  |  |  |  |  |  |
|  |  |  |  |  |  |  |  |  |  |  |  |  |  |  |  |  |  |  |  |

바람이 차가웠다
나는 너의 품에 안겨 따뜻했다
나는 네가 추운 줄도 모르고
나는 기뻤다

감정이 나를 삼키게 두는 이유는
그대에 대한 신념이고

그대가 나를 삼키게 두는 이유는
전부이고 싶은 마음 때문이다

영원한 사랑에
심장은 죽지 않으니

아픔도 없을 터이니
눈물은 닦아 두시오

나의 숨을
이 꽃에 담아 둘 터이니
이 꽃을 가슴에 안으시오

꽃잎에 염원을
붉게 물들여 놓을 터이니
심장에 담아 두시오

영원한 사랑에
그대를 안아 줄 홍련이오

어둠이 지고 죽음에 이르면
내게로 와 입 맞춰 주오

시간을 거스르지 못한
이의 한(恨)일 터이니

어둠이 졌으니
빛으로 그대를 맞이할 테니
입 맞추오

마음이
생각이
담기에는 너무 벅차

이렇게 남겨 두며
지나가고

후회나 미련들을 꺼내어
들려주고 싶은
그런 마음

바람이 부는데
그냥 기분이 좋아집니다
바람이 분다고 기분 좋은 일은 아니지만
오늘 높은 하늘 아래서 기분이 좋습니다

꽃이 피었습니다
잔잔한 솜털 구름 흐르는 대로
함께 흘러갔더니 어느덧
이 마음에도 꽃이 핍니다

초록의 물결이
여름이 왔다며 속삭이고
구슬땀마저 생기있게 합니다

오늘은 그냥 하늘이 높았고
바람은 선선했고
솜털 구름 따라 걸었는데
이 마음에 꽃이 피었습니다

오늘이라는 선물이
마냥 좋습니다

네가 이쁘다 하니
마음에 숨이 깃들어서

그렇게 살아 영롱해지더니
이내 내 품에 와 함께 잠들었다

네가 이쁘다 하니
마음이 밝아... 밝아지더니


이내 세상을 비추는 빛이 되어
한 걸음 한 걸음에 의미를 찾게 되었다

나의 삶 속의 명곡들은
모두 그대와 함께 듣던
노래들이다

그 수많은 밤을
지새우고

그 수많은 별을
헤매어도

아직 나는
밤이 오길 기다리네

그대 생각에

꿈조차 꿀 수 없는
상상조차 못 하는
아무도 모르는 곳으로
아무도 모르게 떠나리


추악한 인연에
더러운 필연에

사랑에 엮이지도
이별에 매이지도

아무도 모르는 곳으로
아무도 모르게 떠나리

세상에서 벗어나자
저 멀리 벗어나자
세상에 물들어 버린
네게 하는 얘기이고
세상이 싫은
내게 하는 얘기이다


우리의 추억 속에는
우리라는 이름으로
세상이라는 굴레 속에
그저 속해 있는 사랑


나는 세상 속 네가 아닌
너를 만나고 싶다
나는 세상 속 내가 아닌
나를 보여주고 싶다


사랑이라는 이름으로
세상에 벽을 올리고
우리라는 한 지붕 아래
사랑이라는 명판을 걸고 싶다

ㄱㄴ

목 놓아 불렀어요
미어진 더운 마음
흐르는 시절 때문
　　　아니에요
쌓아온 시절 때문
　　　아니에요


　　　그저
강물이었어요
　　범람치도
　　마르지도
　　아니하고


　　　그저
강물이었어요
　　파문치도
　　교류치도
　　아니하고


　　적셨어요
두 뼘 흐르듯 뜨겁게
　　　아니고
아무도 모르게
　　적셨어요

그대는 들어 주었나
누구에게 더럽혀지지 않게
나 혼자만의 것이었으니
어둠이 무너지면
허공에 토해내리

파도에 휩쓸려 왔나
그늘이 지듯 지그시
인식했소, 아니 알고 있었소
하지만 모른 척, 아니 인지하지 못했소
그저 허공에 토해내리

옷깃에 스친 인연 따위
하룻밤 풋사랑 따위
다른 인연 사랑은 없다
사랑이 피어나기 전에
어둠이 무너지면
허공에 토해내리

어두워 불을 켜니
어둠은 한 발자국 물러섰다

사랑이라고 말했다

침묵한 하늘에 작은 별빛이
빛을 내고 있었다

새벽이 지나 볕이 창을 두드리고
불을 껐다

베개에 머리를 포개고 눈을 감으니
어둠은 한 발자국 다가왔다

눈을 뜨니 어둠은 물러나고
더 이상 별을 볼 수 없었다

| # | 24 |
|---|---|

기다릴게
대답은 듣지 못했다
하지만 이미 내가 대답했다
기다리겠다고
그럼 그걸로 충분했다

울었다
따라 눈시울이 번졌다
쳐다보지 못하고
그렇게 발소리만
자리에 맴돌았다

사랑해
듣고 싶은 말이었다
그뿐이었다

끝내 듣지 못했다
하지만 내가 대답했고
사랑해
그걸로 충분했다

사랑한 세월을
묻어야 하네

파내고 파내어도
그 세월을 묻기에는
파면 팔수록
부족하기만 해

추억을 불태우고
기억을 묻어야만
그 무덤에도 꽃이 피고
풀도 자랄 텐데

그러기엔 날씨가 아직 덥다

바람이 불어서
파도가 치는 게
당연하다

해가 뜨니까
그늘이 지는 게
당연하다

네가 떠나서
내가 우는 게
당연하다

빛나는 별처럼
하늘에서 빛나리라
이제 볼 수 없는 우리여서
그저 하늘 위에서 반기리라


바다에 푸르른 별처럼
깊고 넓게 아름다워라
여전히 한 마음으로 우리는 이별했지만
마르지 않으리라


나도 따라 별이 되어
너의 곁에 남게 되면
그때는 꼭
나의 곁에서 빛나라

이제는 빛바랜 추억이어라
습한 방구석 잊어버린,
해져버린 선물 바구니이고
우리의 사랑은 낡은 책 속에
꽃잎이 되었다

사랑은 이제 이별이어라
죽을 것 같았지만, 지금은 웃고
행복했지만, 그때는 많이 울었던
우리의 사랑은 옷장 속 얼룩진
남방이 되었다

문뜩 보고 싶다가도
쉽게 잊히는,
종일 웃고 있다가도
문뜩 생각나는,
사랑은 잡을 수 없는
무지개여라

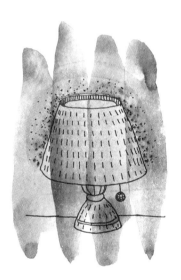

어두운 방 안에
동그란 스탠드를 켜 밝힌다
그 위로 어느새 먼지가 소복하다
낮에 청소를 했지만
그곳은 손도 대지 않았다
알면서도, 닦아내야 하면서도
그냥 모른 척하고 싶은
이런 마음

나는 이미 떠난 사람
이제 없는 사람
추억이 죽어 바스러져 흩어지고
심장은 흑백사진이 되어 멈춰서
숨이 없는 곳에 눈물조차
흐를 수 없는 적막함이 힘겹다

밤에 잠 못 들어
그날을 생각했지

환한 너는 예쁘고
빛나는 모습이
어두운 밤
침대 위로 환해져서
밤에 잠 못 들어

생각하니
미안한 마음이
너의 모습이
어두운 밤
베개 위로 비가 내리고

생각에 묻혀
베개에 얼굴을 묻고
소리 내지 못하는 밤
이불만 구겨 꼭 껴안고
잠 못 드는 밤

날이 너무 추워
너의 가슴에
얼굴을 묻고 나니
나는 더 이상 너를
볼 수 없었어

이곳에서 나는
아무 의미도 찾지 못했다

우리가 함께한
그곳에서

이곳에서 그대는
어떤 의미를 찾으려 하는가

이미 다른 그곳에서

참 가슴 아픈 일이다

그대가 내뱉은 이별이란
그 말은······

□ ○ ○

베드로망 울지 마라
죽어서도 울지 마라

그녀는 널 사랑한 적이 없다
혼자만의 사랑으로 모든 이를 용서한다면
베드로망 그대는 그대로 눈을 감고 잠들라

왜 눈물을 보이는가
어둠 속에 그대 눈물을 봐줄 이는 아무도 없다

가슴속 고통이, 상처가 그댈 울게 한다면
그대는 일어나라

눈을 뜨고 너의 가슴을 후벼 파 심장을 꺼내어
우리 속 돼지들에게나 던져 주어라
아무것도 모르고 처먹을 돼지들에게 던져 주어라

베드로망 그대를 살해하고 그대의 사랑을
무엇인지도 모르고 처먹은 그녀에게 돌아가
그녀에게 침을 뱉고
그녀를 때리고 탐하고 그녀의 목을 졸라라
그리고 그대가 있는 그 어두운 곳에 함께 누워라

그것이 아니라면 울지 말고 잠들라
울지 마라 베드로망 그대는 어찌 우는가
누군가 그대의 눈물을 보길 원하는가
내가 그 눈물을 보고 그 마음을 헤아리길 원하는가
아니라면 그대의 아픈 상처를 세상에 끄집어 내주길 바라는가
아니라면 진심이었던 그대의 사랑을 그녀에게 전해주길 원하는가

베드로망 더 이상 눈물은 보이지 말라
베드로망 눈을 뜨고 다시 일어나라
그녀의 죽은 모습을 보아라
그대 어둠 속에 빛을 내어 줄 테니
그대여 그 빛 속에서 그녀를 거두어라
그게 그녀에게는 더한 지옥일 것이니

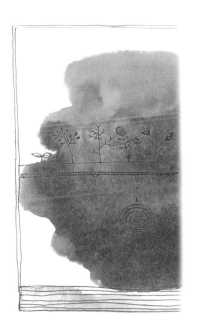

이 마음이, 이 미움이
그녀가 떠나서가 아니라

투명한 창
그녀가 장난치던 자리에
입김을 부는 것이다

지저분한 창을 바라보며
깨끗이 할 생각은 없다
그저 바라볼 뿐

밖으로는 해가 지고
노을빛이 흐릿하다
그리움이 미움이
어둠 속으로 묻힌다

그리움…
그리움에 가슴을 파묻어
사랑이라는 글자에
삶을 모두 쏟아 버리고
적셔진 축축한 모습으로
무거워진 그 모습으로
지쳐가는구나

들으려 말했을 뿐
그뿐이었다


오직 나를 위한 것이었고
그대 또한 그대만을 위한 것이었다


그저 구걸했을 뿐
그뿐이었다

| # | 39 |
|---|---|

내가 그리운 것은
이별하기 전의 네가 아니라
사랑하던, 사랑하게 된 그때
그때가 그리워

이날에
비록 이 방에 홀로 있지만
그래도
내 마음에 네가 함께여서 좋다

당신의 사랑이어서
내게도 봄이 있었어

별 하나
별 두 개
하나, 두 개 세어 나가다 보니
어느새 온통 하늘이
네 생각으로 가득 차 있어
어쩌면 저 별들은
우리 추억이고
저 하늘은 무덤이 아닐까

손에 향을 피우고
내뿜는 연기는
이곳은 마치
무거운 공기 속
장례식장 같아
하루하루 이별을
더해 가며 살고 있어

ㄱㄹㅇㄷ

|  |  |  |  |  |  |  |  |  |  |  |  |  |  |  |  |  |  |  |  |
|  |  |  |  |  |  |  |  |  |  |  |  |  |  |  |  |  |  |  |  |
|  |  |  |  |  |  |  |  |  |  |  |  |  |  |  |  |  |  |  |  |
|  |  |  |  |  |  |  |  |  |  |  |  |  |  |  |  |  |  |  |  |
|  |  |  |  |  |  |  |  |  |  |  |  |  |  |  |  |  |  |  |  |
|  |  |  |  |  |  |  |  |  |  |  |  |  |  |  |  |  |  |  |  |
|  |  |  |  |  |  |  |  |  |  |  |  |  |  |  |  |  |  |  |  |
|  |  |  |  |  |  |  |  |  |  |  |  |  |  |  |  |  |  |  |  |
|  |  |  |  |  |  |  |  |  |  |  |  |  |  |  |  |  |  |  |  |
|  |  |  |  |  |  |  |  |  |  |  |  |  |  |  |  |  |  |  |  |
|  |  |  |  |  |  |  |  |  |  |  |  |  |  |  |  |  |  |  |  |

슬퍼한다고
봄이 와 꽃이 피는 게 아니고

그립다 하여
달이 찾아와 어둠이 내리는 건
아니니까

그러니까

# \# 43

그리움이 모자라
어둠을 채우고

한잔 마시고 나면
이젠 네가 보고 싶어

향 을 켜며 생각이 나서
흩어진 우리에 공간 속에
부족했던 시간들이…
네가 없는 공간에
아직 홀로 남아 채워 가

나 그대가
내가 그대가
그리워 지새운 밤이 아니다

그간의 추억이 얽매여
흘린 눈물이 아니다
내 그러라고
흘린 눈물이 아니다

나 그대가
슬피 울라
흘린 눈물이 아니다
그러라 지새운
나의 밤이 아니다

| # | 45 |
|---|----|

차라리… 하고
그랬더라면… 하며

이 새벽에 깨어
더 이상 잠들지 못했어

네게로 가고 싶다
아득한 집으로
우리가 함께했던

함께 지새우던
새벽이 그립다
새근새근 너의 숨소리가

그곳의 냄새
그곳에 익숙한 몸이
너를 원한다

너에게로 가고 싶다
평온한 그곳에서
잠들고 싶다

꽃이 피던 날을 기억한다
지금 피어 있을
꽃을 찾지 못한다 해도 기억하리라

그리운 마음에 오늘의 하늘을
보지 못해도 그저
오늘 밤이 오길 기다리리라

꽃이 피어 곁으로 오신다면
아직 보지 못한 날들을
함께 맞이하리라

애애하다 한없더라
봄날이 아련하다
거짓 없는 마음이 떠나고
홀로 선 이가 바드럽다

내 삶에 지절한 이는 없다
이미 혼자임을 알게 되었다
그래도 이에 계실 테면
내게 봄을 선물해 주시오

그 봄날 그 온기가
내게 머물 수 있게
그날의 미움을 눈물로 씻겨내도록
내게 봄을 선물해 주오

포근한 이불이 고맙다
아직 마르지 않은 빨래에
습한 여름 횡포에
온종일 다친 마음이
포근한 이불 사이로 내놓는 발이 시원해
품에 안고

안고 나니 함께
눕던 자리에 슬픔이 젖어 들어
눈가에 촉촉하지만 그래도
이불에 닿는 살결이
마냥 보드랍기만 해
오늘 밤은 외롭지 않네

괜한 마음이 들어
아직 이 남아있는
그 계절은 그저 말없이
흐르는 일이라

하루를 보내며
묻어 버리지 못하고
집 안에 불은 켜지 않고
방문을 닫아 놓네

닿을 수 없는 하늘이라
바라보기만 하고

잡을 수 없는 별이기에
가슴에 새겨 놓고

천천히 눈을 감고 그리운다

새벽에 잠에서 깨어
침대가 익숙지 않은 것은
오직 그대의 잘못이다

ㅅㄱㅇ

# 2부 ·

세상이 어두워졌다고
슬픔을 준 적 없다

서 있는 곳에 바람 분다고
외로움을 준 적 없다

가는 길 없다고
돌아가라 한 적 없다

끝에 사랑이 없다고
사랑이 없던 적 없다

스스로 취한 것이고
어떠한 것도 나에게
그러라 한 적이 없다

야심한 밤
야심한 시간
빨간색 등불 밑
하얀색 침대 위에는
검은색 잉크가 번지고

침묵한 어둠
침묵한 별

뚝, 뚝, 물새는 소리
크지 않은 노랫소리에
잉크 번지는 소리

혼자만의 고독
혼자만의 슬픔
혼자만의 아픔

홀로 지르는 비명
홀로 겪는 고통
잉크에 흘려보내네

붉은 달이 크기만 하다
닿을 듯 손을 내밀어 보지만
손끝에 스치는 바람이
이 손을 거두게 하네
붉은 달이 외로워
곁으로 나아가자
나아갈수록 작아지고 멀어지더니
이내 환해져 버렸네

언제쯤 오려나
숨죽여 기다려 보지만
이미 떠 있는 달은 더 이상
붉지도, 내 곁에 있지도 않네

눈 감고 청하는 잠은
회전하는 선풍기 소리에
장단을 맞추고
잔잔한 촛불은 출렁이며 춤을 추네

이 방에 혼자
아무도 외로운 줄 모르고
메이는 목이 야속하지만
지금 이 순간이,
이 슬픔이, 싫지는 않네

잔잔한 피아노 소리에
밝지 않은 빛이 이 마음을 위로하고
쉬이 나는 상념에 젖어
베고 있는 베개에 얼굴을 묻는 밤

그치고 싶다
흐르는 멜로디가 슬퍼
전원을 끄자 세상에서
제일 슬픈 사람이 되었다

그치고 싶어
베개에 얼굴을 묻었다
그러자 젖은 베개가
볼을 적신다

해가 뜨지 않기를
이 방 안에 촛불이
내가 사는 세상에 유일한 빛이 되기를
그렇게 기도한다

ㅇㅉㄷㄱ

비에 젖어 돌아온 집에
켜 놓고 간 노랫소리가
울려서 다행이다

습한 날씨에 쾌쾌한 집에
변하지 않은 모습으로
인형이 잠들어 있어 고맙다

씻고 나와 탁자 위에
전하지 못한 꽃다발이
아직 마르지 않아 정말 다행이다

침대에 누워 잠들지 못하는 내가
이불마저 포근한 게 왠지
슬플까 하네

어두운 방 안에
촛불이 켜지니
세상이 환하다
그래서 슬펐다

작은 촛불이
눈이 부시고
너무 귀하여
나는 슬펐다

바람에 꺼지랴
촛농이 녹으랴
촛불이 꺼지랴
이맘이 슬펐다

작은 방 안에
나에 세상에
작은 촛불이
아직 환하다

봄밤에 나는 운다
매화를 바라보며
나는 운다

봄밤에 우는 하늘이
힘없는 이슬비가
매화를 적신다

안개처럼
겨울을 보내고 나니
봄이, 매화가 피었다

아, 매화가 운다
매화가 울 리 없다
하지만 매화는 운다

알지 못하는 이유로
텅 빈 마음에 술을 채우고
담배 연기로 공허함을 달랜다
급하게 체한 것처럼 슬퍼진다
가질 수 없는 것에 대한 동경으로 쩔쩔매고
가진 것에 대한 감사함을 외면한 채
이룰 수 없는 것들로 치부하고
탓만 하는 인생이 되어버린 것에
슬프기만 할 뿐이다
아직 용기가 있지만
텅 빈 잔에 술을 채우기 바쁘고
바람 한 점 없는 곳에 담배 타들어 가는 소리가
여운이 남아 바빠할 시간이 없네

ㄱ ㄹ ㄴ ㄲ

소리 없는
하늘 아래서 그저
귀 기울였다


하늘 아래
별빛에 눈이 멀어
어둠을 보지 못했다


이제는 해가 떠도
별은 사라지지 않으니
해가 뜨도록 울어야지

임아, 나의 임아
임 따라 꽃마차 타고
나도 따라가렵니다

세상 짐 내려놓고
가시는 길 무거울까
그 짐 덜어 나도 따라가렵니다

꿈 따라 임 따라
국화꽃 만발한 곳에
임은 안 계시니

나도 임 따라가렵니다

죽음이라는 앞에
항상 서 있으나
그 앞에 서서
하염없이 눈물만 흘렸네

거울 앞의 나는 누구인가
한참을 생각하다
거울을 보며
하염없이 눈물만 흘렸네

내 안에는
진실된 나와 거짓된 내가
거울을 마주한 채 건넨다
죽었으면 좋겠다고

더 이상 나의 마음은 온데간데없이
이미 세상에 살려달라고
빌고 또 빌었네

소란한 세상에
혼자가 되어가는 시간

눈부신 하늘을
어둠으로 커튼 치고
달이라는 조명과
별이라는 수를 놓네

잠잠한 세상에
혼자가 되는 시간

외로움이 바람 타고
스며들면
작은 빗소리에
귀를 적시고는 잠이 드네

꿈이란 세상에
내가 되는 시간

기억은 왜곡되고
시간은 잊혀지나
이곳에서는 진실된
나를 찾고 만나는 시간

부서지는 파도가 가여워
손을 내밀자
손이 젖어 버렸다
그리고는 거센 파도가
밀려와 나를 삼켜 버렸다

홀로선 등대가 외로워 보여
그 곁으로 가자 더 이상
세상을 볼 수 없었다
더는 바다를 볼 수 없었다
새벽이 오기 전까지

습한 기운이
방 안에 꽃을 피운다
작은 빛에 기대어
내 안의 세상을 맞이하고
선풍기 바람에
조금은 상쾌한 기분이
아직 나는 살아있다고 말하네

어제, 그제 하물며
오늘 하루가 기억이 나지 않지만
살기 위함의 대가란 잔혹했다
살기 위해 나를 죽이고
먹기 위해 굶는 배고픔이
내가 살아있음의 이유이다

장맛비가 서글프게 온다
세상이 습하고
먹구름이 하늘을 가려
달빛이 채 보이지 않는다

무거운 공기에
회전하는 선풍기는
지쳐 보이는 게
도저히 아무런 의미가 없다

습한 공기에도 마르는 입술은
이제는 아프지 않은 가슴은
더 이상 어떤 것의 눈물은 없다

기대는 부서져 바람에 날아가고
사랑은 더 이상 사랑이 아닌 것이고
추억은 그냥 어제의 일들이 되어버린

그냥 오늘

꽃은 시들었고
더 이상 피지 않았다

순간의 영혼은
꽃을 피웠지만

순간은 영원하지 못해
이내 꽃은 채 피지 못하고 진다

아직 갈지 못한 이불보에
몸을 파묻고 저버린 꽃을 품는다

꽃이 피어
봄이 온다면
이미 봄을
맞이했네

꽃이 피면
봄은 오거늘
아직 봄을
기다리네

그렇게 봄은
지나갔는데
나는 아직 피지 못한
꽃이어라

아직 피지 못한 봉우리 또한 꽃이요
이내 피어 저버린 꽃 또한 꽃이로다
꽃은 그 어디에 피어도 꽃이로다

공책 위에
펜으로 잔을 채우고

푸짐한 달님 안주 삼아
크게 베어 물고

시 한잔에 취해
아아, 즐거워라

이렇게 취해
이내 다 비우고 나니

아 그래,
나는 즐거워라

내가 가는 길이거늘
어차피 가는 길이거늘
자꾸 빨리 가라 하네

때가 되면 갈 것인데
날인가 하면 갈 것이거늘
자꾸 빨리 가라 하네

빨리 간다 한들 달라질 것 없고
가는 시간 맞춰 갈지 언데
자꾸 빨리 가라 하네

이 몸이 이제 지쳐
조금 쉬려 건데
이제 잠시만 기다리라 하네

하늘에 떠 있는 별 중에
어디 하나 안 예쁜 별이 있더냐
그중에 제일 예쁜 별은 하나더냐

넓은 하늘에 별 하나만 품을 일 없고
우리 또한 하늘 아래 속해 있음이다

어두운 방에
달빛마저 등 돌리고
나의 의지에 초 하나
세상에 빛을 내린다

어둠이 그치지 못하고 숨어
쉴 틈 없이 노리고
바람마저 나의 세상에
어둠을 들이려 하네

불빛이 흔들려
그림자마저 흔들리지만
바람은 보이지 않고
초는 그 자리에 우뚝하다

새벽을 깨우듯
춥지 않은 바람은
먹구름을 조금씩 밀어내고

어젯밤 내린 빗줄기가
무거운 여름을 씻겨
새로운 아침을 맞으려 한다

잊은 듯한
장롱 안 카디건을 꺼내 입으니
잊었던 기억마저 꺼내어지고

카디건에 머문 퀴퀴한 냄새가
그렇게도 그립고 소중한 건지

가을, 산으로 가자
낙엽이 피고 지는 것에
미련을 두지 말고

초록 물결이
붉은빛으로 물드는 것에
아쉬워 말자

해가 바삐 지는 것에
우리는 기대하며
가을, 산으로 가자

침묵은 나를 기다린다
고요한 숲속에서
늑대의 울음소리는
바람에 젖어 든 가지 소리는
침묵을 기다린다

새들이 노래하고
꽃들이 만발하고
호수가 잔잔해질 쯤
침묵의 고요한 어둠은
서서히 죽은 듯 스며든다
침묵이 나를 기다린다
나는 늑대의 울음소리를 재우고
바람에 젖어 있는 가지를 꺾어 버리고
호수에 파문을 이르며
침묵을 맞으러 간다

침묵은 나를 기다린다
내가 침묵을 맞으러 가기를
기다린다

ㅇㄴㄸㄹ

빛이 다 채워지기도 전에
완성되지 않은 나의 세상은
이 이불 속 포근함만 같아라

잠들기 전 갖고 있던 많은 생각이
잡념으로 치부되지 않기를
이른 시간 잠에서 깨어
안도의 행복만 같기를

가을이 금세 지나
겨울이 오겠지요

마치 봄이 오지
않았던 것처럼
다시는 맞이하지 않을
봄인 것처럼

# # 81

엄지손가락이 퉁퉁 부어있네
일찍 잠들려는 나의 다짐을
어이없게도 시월에 모기 한 마리가
어지럽힌다

방이 환해지고 아무리 찾아도
그렇게 찾아도 보이지 않더니
어둠이 내려앉은 귓가에 맴도는
모기 한 마리가
잘 여민 이불보를 들썩이게 한다

얼마나 잠들었다고 이리 자그마한
모기 한 마리가 선잠을 깨우는지
눈을 감고 이불을 덮어보아도
어느새 물려있는 귓불은
왠지 이제 편히 잠들 수 있을까 하네

지나간 시간은
지나고 나니
참 부질없더라

순간에, 찰나에
전부인 모든 것들도
잊히고 사라지고

남아 있는 것들도
이제 내가 사라지면
사라지는 것들인데

참 그리 부질없는 것들에
오늘도 나에 숨을 다하여
품고자 하네

달빛이 저리 밝은데
나뭇가지는 바스락 바스락거리고
소나무의 초록 물결은
아직 생기롭기만 하네

달빛 영롱한 날에
우리는 그때의 그 빛으로
세상을 품에 담아
환해질 전야이다

어느 한 날에는
가지에 잎이 모두 떨어지듯
어느 한 날에는
잎이 나고 꽃이 피듯

| # | 84 |
|---|-----|

습해 꼬부라진
종이 위에 글을
내려놓는 일은

두꺼운 잉크만큼
두터운 심념이 아닐까

잉크가 번져 갈수록
점점 무거워만 지네

꽃이 피려면
우리는 새로운 봄을
맞이해야 하나요

시들어 버린 꽃은
향기도 사라져
말라 버리면

우리는 다시
봄을 맞이해야
꽃이 피어나는가요

창문은 모두
닫아 두었지만
아직은 작은 방
이 글이 쓰이는 방 창은
열려 있어서
춥다고 느낄, 춥지 않은 날씨지만
이제 긴 소매를 입어야겠다 하기에
충분한 날씨이기에
나는 이제
이불 속으로 몸을 숨겨야지

받아쓰기

뻘건빛 퍼런빛
노랭빛 퍼런빛

가느른 색 색깔
빛들의 난무 사이로

밝게 물들어
환하게 번지는 마음

| # | 88 |
|---|-----|

빛으로 왔다가
빛으로 사라지려 하네

광활한 시간 속에서
별이 탄생하고
사라지듯이
이대로 사라져야지

글쎄다
달빛이
아주 많이
깨끗한데
그 달빛이
나를 아주 많이
비추는데
나는 그리 많이
투명하지 못하네

그저 슬픈 것은
사월의 봄날, 꽃이 채 피기도 전에
저버린 것이고

그저 그저 슬픈 것은
모두에 희망이라는 것에
하나의 시선으로 흔들림에
이겨내야 하는 것이며

또한 슬픈 것은
한마음에 소망을 모아
스스로의 목을 매었음이
우리는 봄을 맞이하지
못함의 이유이다

말하지 못한 사실은
어제도 그리고 오늘도
나는 꽃에 물을 주지
않았습니다

생각에
허기가 지고
배가 고파지면
그저 풍경을 보거나
글을 쓰거나
아니면
잔을 채우거나
라면을 끓입니다

ㄱㄹㄱ

# 3부 ·

맑은 하늘에 해님이
발가벗은 듯이
부끄러워 숨으려나 보다

맑은 하늘에 여우비
또르르 떨어지니
부끄러움 나무에 번지고

맑은 하늘에 무지개
수놓은 듯 피어나
웃으며 인사하네

시인이란
향수를 그리는 사람
내 시간을 잊지 않고
그 시간을 좇아 그리는
그림쟁이

시인이란
가슴을 그리는 사람
내 가슴을 잊지 않고
그 가슴을 찾아 그리는
그림쟁이

시인이란
어떤 이에게는 향수를
어떤 이에게는 가슴에
동기를 부여 하는
그림쟁이

노를 저어 앞으로 나아간다
물결을 거스르며 나아간다

힘에 겨워 물결 따라
회향하고 싶은 마음이나
물살을 가른다

해가 저물 때쯤 앞으로 나아간다
바람을 타고 더 빠르게 나아간다

가는 길에 의심을 품을 새 없이
물결에 바람에 몸을 싣고
앞으로 나아간다

월광에 부딪혀 잠시 멈춰 서서
바람마저 미동하지 않을 때에도

흘러온 길을 뒤 돌아보니
멀리 떠나 왔나 바다만 보일 뿐
떠나온 길은 보이지 않네

| # | 96 |
|---|---|

세상을 악이라
단정하고 욕을 퍼부은들
세상이 선이 되는가

세상을 악이라
단정하는 나는 선이기에
세상을 악이라 하는가

세상에는 악도 선도 없네
그저 자신 속에 모두 혼재되어
숨 쉬는 자신의 마음일 뿐

나의 입김이
넓은 바다를 파도치게 한다

아무리 바람이 세차다 한들
가슴에 파문을 일으킬 리 없다

아무리 큰 역경에도
세상은 미동조차 하지 않는다

그저 나에 입김이
잔잔한 바다를 파도치게 한다

# # 98

변하지만 변화하지 않았다
초록의 빛깔은 그대로였고

변화에 변심한 것은
변질해버린 이치와 심성이다

이상을 잃어버린 이성은
더 이상 꿈을 꾸지 않는다

각심은 통하되
통정함은 묻혀버린 인정이다

천 리가 심히 걱정되어
사색에 빠진 저녁이 개탄스럽다

이렇게 여름이 지나간다
아무것도 남은 것 없이
장맛비에 말라버린 장미는
부서지고 그렇게 흘러갔다

아픈 가슴에 술이라는
약으로 채우고
눈물이란 독약으로
하루를 죽여간다

그렇게 여름이 지나간다

기다리는 것은 더 이상
의미가 없다

급급한 세상에 굴레 안에서
어쩔 수 없이 쳇바퀴만 굴리는
작은 쥐새끼

담벼락 앞에 서서
벽을 바라보며
오줌을 갈기네

귀에 걸어 놓은 담배 한 개비가 서운해
입에 물어 불을 붙이니
한숨은 위로가 되고

한 모금, 두 모금
연기가 되어
재가 되어 흘러가는구나

ㅇ ス ㅎ

가슴이 막막하다 하니
어둠이 오더라
어둠 속에 파묻혀 숨을 끊으려니
햇살이 발목을 잡더라
그 봄에
꽃향기 맡으며 그랬다

숨 막히는 세상에 묶여
손, 발 잘리고
생각은 묵살되었고
눈만 뜨고
대답만이 숨을
연명하게 했다

어둠이 오기를 기다리고
눈물이 햇살을 맞이하고
코가 시리더니
봄은 죽었는데
겨울이 찾아왔다

그리고 아직 숨을 쉬고 있다

꾸역꾸역
꽉꽉
하루를 보내고
많은 것들을 채워가지만

내려놓는, 돌아보는
모습일랑 없네

온전한 나의 시간은
변기 위 비워내는 모습뿐

바람이 거셌고
어두운 밤이 왔더라도
작은 불빛에 의지하고
서로의 숨소리에 의지하며
앞으로 거세게 나아가려 한다

슬픔을 뒤로하기 위해
더 빠르게 달렸고
세상과 단절하며
더 세차게 달렸다
그럼에도 그때의 향기는
이곳에 머물러 있었다

구름이 많은 날
아무런 저항 없이
민들레 씨가
그저 지 끌림대로
태풍의 눈 안으로
들어와 앉는다

세상의 풍파가
부는 줄 모르고
민들레 씨는
그저 앉아 고요하다
지 자리가 시멘트 위
무덤인 줄 모르고
고요하기만 하다

더럽고 추악한 인생은 죽어라
무엇 하나 이룬 것 이룰 수 없는
태초에 버림받은 것은 죽어라
세상 속에서 봄날에
청춘에 꽃피울 수 없는
봄이란 없는 인생 따위다
죽자, 그냥 죽자
빛나는 세상 아래
더럽혀질, 추잡해질 인생이라면
지금 죽자

죽음이라는 두려움에
스스로 타협하려는가

아직은 때가 아닌 것 같음이라는 타협에
때를 미루고 있는가

이 난국에 난항과 난세를
어찌 견디겠냐 오만하는가

죽어라
지금의 의지로는 가망이 없다

비단 죽음뿐이다
어째서 회의를 하는가

지금의 너를 죽이고
봄을 맞이하라

えェ吉

비로소 그 끝을 맞이하게 될 것이다
칠흑 같은 어둠 속에서도
볕이 눈부시게 밝은 곳에도
그 창공의 공허함이
노란 파란 색으로 물들어 있음을
삼십 년 세월 그저 순간을 위한 것처럼
그렇게 집 안에 병풍 정도 알았다

걸음은 어딘들 나아가지 못한 채
먼 끝에 무엇이 있는 줄도 모른 채
망상으로 가득 채우고
초록의 봄날들로 나아가려 이곳에 서서
든든한 십자가 모셔 들고 구하건대
영생의 구원을 이 땅에 평안을
이미 그 끝에 있음을

멈추어라
그곳에 멈춰 저들에게 손가락질하자
저들의 시선에 길을 헤매고
이상은 모욕이 되어 잃어버렸으니
그들의 시선에 그들의 목소리에
합을 맞춰 타기해야 할
이미 저버린 꽃이다

꽃의 향기에 머물러
새로운 꽃을 피우지 못하고
양분을 빼앗겨 그 속함이
어찌 새로운 날을 맞이할 자격이 있는가
힘을 합하여 꽃을 피우고
봄이 겨울이 지나면 저버려
흙으로 돌아가자

그것이야 꽃의 사명이라
불을 지펴 꽃을 태워라

시작이 사랑이고 끝이 이별이라면
과정은 행복이라

그저 행복만 채우려는
배고픈 개돼지일 뿐이다

밝은 빛이
고통에 시간들이여
어둠으로 평안을 찾으려
떠나련다

길고 긴 시간들
이제는 잡을 수 없어
더 이상 그날들을
보내려는데
돌아보는 마음이
푸르른 곳에 서지 못하려
그러려 하네

어둠 속에 빛나는 것은
그저 내가 피우는 담배 불씨일 뿐

그리고
하얗다 하는 연기는
내가 맑게 할
나의 세상일 뿐

가습기에
물을 받아 놓고

전기장판에
불을 올립니다

그리고

꾹 막힌 코를
사정없이 풀고 나서야

취해 있음을
이제서야 알았습니다

그렇게 양치하고
세수하고
누운 침대는 따듯합니다

그렇게

오늘만 살려
내일을 준비합니다

삐거덕거리는
나룻배 모셔 들고
마중 나간 그에게
슬픔 한 줌 쥐여주며
떠나가오

가슴 한켠에
설움 기쁨 미안함 고마움
전하지 못하고
떠나가오

빛바랜 추억 한 장에
몸을 담고
기나긴 바래진 시간
보상받고 기쁘며 떠나가오

잠시 떠나가오

씹어 곱씹어
뱉지도 삼키지도 못 할 것을
씹지도 못할 것을 못 할 것을

소변이 마렵다 눈은 맵고
다리는 꼬고 눈은 질끈 감고
손발은 묶여있고


끊어 버리자, 끊어 버리자
혀를 자르고 사랑 앞에
무릎 꿇으리
통곡하며 송축하리라

아니다

끊어 버리자 끊어 버리자
씹다 뱉어 눈을 감고
똥오줌을 갈겨 버리자

사랑 따위 끊어 버리자
목을 매어 죽어 버리자

가는 길에 슬피 우는 새야
지저귀는 새야

우지 말라 한들 안 우려나
가지 말라 한들 안 가려나

울음이 멈추어도 가시는 임
발걸음은 멈출 줄 모르고

지저귀는 저 새 따라
내 눈물도 멈출 줄 모르니
우지 마라 우지 마라

네가 우니 내 가슴도 슬퍼 운다
우지 마라 우지 마라
눈물이 흘러 우니 울지 마라

네가 운다고 가시는 임 돌아오지 않고
네가 운다고 가시는 임 모르오니
우지 마라

나도 따라간다면
여기 우는 네 혼자 슬피 울까
내가 보내드리니 우지 마라 새야
울지 마라

삶은 짧다 하나
하루를 반복하고
매시간을 지나치고

순간을 잃고
후회로 미래를 지우고
사랑을 저버리고

삶은 짧다 하나
사랑을 찾아 죽어간다

## 나의공간 무제

**발행일**   2020년 1월 10일 초판 1쇄

**지은이**     양민석
**펴낸곳**     더모스트북
**펴낸이**     정윤화
**디자인**     디자인달음
**판권 편집**   정애영·윤송

**출판등록**   제 2016-000008호
**주소**       서울 강북구 인수봉로 64길 5
**대표전화**   02)908-2738       **팩스**       02)6455-2748
**이메일**     mbook2016@daum.net

**ISBN**       978-11-87304-13-5     00810

책 값은 표지 뒤쪽에 있습니다

이 도서의 국립중앙도서관 출판예정도서목록(CIP)은 서지정보유통지원시스템 홈페이지
(http://seoji.nl.go.kr)와 국가자료종합목록 구축시스템(http://kolis-net.nl.go.kr)에서 이용
하실 수 있습니다. (CIP제어번호 : CIP2019052385)